岸政彦

愛と欲望の雑談

雨宮まみ

2015年4月、大阪某所にて

はじめに

この対談が行われたきっかけを、まず私から簡単に説明したい。

私が岸政彦さんの名前を知ったのは『断片的なものの社会学』の連載中だった。笑いについて書かれた回で、それがあまりにも、人間のちぐはぐで情けなくてかわいらしく、残酷な側面を描き出している文章だったため、こんな書き手がいたことを知らなかったことを恥じ、驚いてすぐに岸先生の『街の人生』という本を買った。これもすごい本だった。

自分の先見の明を自慢する気はそこまでないけど（だってもう本出ちゃってるのに先見もなにも……）、見る目には自信があるので自慢するが（どっちなんだ）『断片的なものの社会学』が出たら、絶対に売れるし書籍の依頼は殺到するし取材もいっぱい来ると確信していた。だから、その前に会いたいと思った。売れたから群がってきたハイエナみたいになっちゃう前の段階で普通にお会いして、お話ししてみたかった。それで、ミシマ社さんから対談をお願いしたい旨を伝えてもらい、快く引き受けていただいた。

第一回目は、二〇一五年の四月に大阪でお会いした。テーマは、男女の話についてなどいくつか案を出してはいたが、話は弾み飛びまくった。このとき、私は年に一回の神戸休暇（年に一度、疲れて神戸に逃亡して一週間ほど滞在している）を取っていて、世の中のあれこれに対する疲れがピークだったので、なんでこんなに窮屈で、生きづらくて、自由に息ができないような社会になっていくのか？　という自分の疑問をそのまま岸先生に訊いているような形になった。あーもういやだいやだ、こんな世の中いやだ、とごねているだけのような私の言葉に、明快な答えが示されていくのは、面白い体験だった。学問というのは、すごいものだな、とバカみたいなことを（バカなんですが）思った。いや、もっとはっきり言うと「本物の社会学ってすごいんだな」と思った。力があるし、意味があるし、人を救う学問なのだなと、その片鱗《へんりん》に触れた気がした。そういう学問をする岸先生の姿勢にも。

あの感覚を、ぜひ読者のみなさんにも味わってもらいたい。

雨宮まみ

目次

二日目　浮気はダメ！

一日目　恋愛しないといけないの？

言わなくてもわかってくれる？

雨宮　私は社会学の、ある一定の傾向のものをざっくりまとめる語り口にすごく抵抗があるんです。学問としての「社会学」とは違うんでしょうけど、いま一般的に流通している「社会学」的な言説の雑さや無神経さがすごくダメで。率直に言って、大嫌いなんです。まとめることも必要なんだというのは頭ではわかるんですが、そこからは個人的なものがごっそり抜け落ちてしまう。自分がそういうふうにまとめられる側だったら、たまったもんじゃないと思ってしまうんです。でも、岸先生の文章は、むしろそうした「まとめ」から抜け落ちてしまうニュアンスを掬《すく》い取っておられるように感じます。

岸　僕は雨宮さんの「穴の底でお待ちしています」という愚痴を聞くウェブでの連載（『まじめに生きるって損ですか？』というタイトルで書籍化）が好きで。ずけずけ言ってるのに不愉快じゃないみたいな感じで、なんというか、すごい大人なんやなと。最近のやつだと「誕生日を祝ってくれない」という相談に対して「いや、それは自分で言いなよ」とおっしゃっていたのに「おおー！」と思いました。言葉で言わないと通じないというのはすごく大事なことなんだけど、とくに親密な領域ではお互いに言わなくなるでしょう。たとえば夫婦、家族関係や恋愛関係だと、言わんでもわかってくれる、という変な感覚というか信仰がある。

雨宮　家族同士ってとくに言わないですよね。母の日や父の日のプレゼントはしても、そこにメッセージカードはつけない。死ぬ間際にでもならないと、家族への愛情って言葉にしないんじゃないかと思うことがあります。

岸　男性だととくに「俺のことわかってくれんだよ、あいつは」みたいになっちゃうんですよ。で、知らないうちに関係が壊れていく。

僕は、仲の良い相手には、言葉で伝えるってすごい大事だと思ってて、「言わなくてもわかるよね」ってのは嫌いなんですよね。けれど、満たしてほしい気持ちがあって、それを言葉で伝えて満たしてもらうと嬉しさが減るみたいな考え方もある。

雨宮　言葉にした時点で、察してもらうよりも価値が低いっていう考え方ですよね。ネットだとそういうのは「察してちゃん」って呼ばれて嫌われますけど（笑）。希望を言わないのに、察してくれなかった不満だけを言うことになりますから。

岸　そうそう！　で、ものすごく大きな視点で見ると、出会いそのものにそういうところがあると思います。たとえば出会いの中で一番価値が低いのって、結婚相談所なんですよ。

雨宮　あぁ、たしかに！　みんな偶然の出会いっていうか自然な出会いを、自然な出会いをね！　求めますよね！　あはははは！！！！！　私だ！！！

岸　ちょっと落ち着いてください（笑）。たとえば、結婚式で二人のなれそめを話すときに、結婚相談所で出会ったことだけは絶対に言わないというのがありますよね。お膳立てされることに対する嫌悪感というか、恐怖みたいなものがある。それが何かを突き詰めると「言語化すると価値が減る」ってことなんだろうと。

雨宮　結婚をしたい、という目的を言って、それで知り合った関係というのは、結婚したいと言わずに知り合った関係よりも価値が低いと。

岸　うん。ものすごく必然性のある相手と「偶然」出会いたいわけですよね。でも、ありえないわけでしょう、それは。

雨宮　……はい、まぁ、わかります。

岸　ほう（笑）。

雨宮　っていうか、ありえないんですかね!?　偶然っていうか……その……運命の出会い的なものは……。まだこんなこと言ってるからダメなんでしょうけど（笑）。

人が欲しがっているものを、私も欲しい

岸　僕は社会学で、アイデンティティとか自己のあり方のことを勉強しているんですが、その自己のあり方として雨宮さんってすごい面白いと思ってるんですよね。「雨宮まみ」が、雨宮さんご自身の中に三人くらいいるじゃないですか。一号が欲望で突っ走っていって、二号は後から見てすごいダメ出しして、三号がそれを言語化して書いてる。雨宮さんの『女子をこじらせて』は自己嫌悪の文学やなと思いました。自己嫌悪って必ずタイムラグがあって、何かをやってる最中ではなく、後から振り返って否定することで起こるんです

よね。でも基本的にチーム雨宮を引っ張っていくのは雨宮一号の欲望ですね。

雨宮　そうですね。基本的に過去の自分は嫌いというか、その当時の人間関係も含めてどんどん切り捨てていく傾向があります。あのときの自分といまの自分は違う、という感覚が強くて、いまのほうがいい、と思っている。過去の友だちや知り合いというのは、嫌悪している過去の自分の目撃者だから、近づきたくないという感覚があるんです。

岸　ルネ・ジラールという昔の社会学者が、「欲望の三角形」ということを言ってるんです。何かの対象があって、それを欲しいから欲望しているのではなく、対象をすでに欲望している誰か（これを「媒介者」という）を「模倣している」んだと。

雨宮　わかります。モテる男の人がモテる構造ってそれですよね。二人にモテた時点で十人くらい寄ってくる。ちょっとモテていることによってその人の付加価値が跳ね上がるんです。カッコよさとか、持っているスペックよりも、誰かに欲望されているということのほうが圧倒的に有効ですね。

岸　みんなが欲しがってるのを私も欲しいっていうことですよね。ただ、面白いのは欲望を経験しているときはそうじゃないでしょう。本当に自分は好きやと思っているわけなんだけど、いろいろ引いて考えてみると人が欲しがってるものを自分も欲しがっているだけだった……みたいな。

雨宮　ボロボロにされて捨てられた三年後ぐらいじゃないと「あっ、別にあんな人、全然欲しくなかった！」ってわからないですね。欲望の真っ只中にいるときは、死ぬほど欲しいです。

岸　（笑）。欲望自体が他者の欲望の内面化なので、自分自身の内発的な欲望っていうのはそもそもありえない。

雨宮　流行なんかは、まさにそう。すごく張り込んで買ったバッグや服が色褪《あ》せる瞬間ってすごいです。こんなに人って変われるのかっていうくらい、そのものの見え方が変わっちゃうんですよね。

「アナーキーな欲望のほうが、より本当の欲望」という妄想

岸　でも、そうするとどれだけ満たしても満たされないですよね。内発的な欲望ではないので、模倣の対象は限りなく存在するわけです。無限にいるし、ある程度満たしたらOKってことは

ないわけです。
それに、みんなが欲しいと思ってるものを自分も欲望するので、結局は自分のほんとに欲しいものとはズレる。だからそれは常に自分の自己嫌悪の対象になるんです。

雨宮　つまり幸せな欲望というか、自分が真に単独で求めて、その欲望が満たされてよかったよかった、みたいなことはないと。

岸　ない。ないんやけど、突き詰めていくと我々の欲望って、すごくありきたりなんですよね。そんなにすごいフェチを持っている人ばっかりじゃないし、意外と穏健です。別にそんな美人でなくていいし、そんなに金持ちじゃなくていい。普通でささやかなところで割とそこそこ暮らしてるのと同じことの延長で、他者の欲望を大勢が内面化してるわけですから、欲望も平均値に近い穏健なものになっていくわけですよ。
だから普通の幸せを得るとしたら、そこに可能性があると思う。他者の欲望の模倣だから、完全に満足することは永遠にできないけど、でも逆に他者の模倣であるからこそ、それほど「個性的」な欲望でなくても、そこそこ満足できるかもしれない。

雨宮　それって簡単に言うと、年をとって丸くなるということに近いですか？　自分の平凡さを知って、自分だけの特別な欲望なんていうものは存在しないんだって認めて、無茶な背伸びをしなくなる、みたいな。

岸　そういうことなんですかね。個人的なことなんですけど、僕は「かけがえのない本当の欲望っていうのは社会規範と絶対違反するはずだ」みたいな考え方がすごい嫌いで、「俺は普通でいいぞ」と思うんですね。政治的に正しい欲望って、本当の欲望じゃない、みたいな考え方があるでしょう。

雨宮　ありますね。アナーキーな欲望のほうが、より本当の欲望だ、という。

岸　社会規範から抑圧されていてみんな欲望を我慢してるけど、剥《は》ぎ取って裸になってもっといろんなことをするんだと言っても、たかがSMとかくらいでしょう。そんなもん別に普通のことですよね。

雨宮　九〇年代頃は、そういう社会的規範から外れたものがかっこいいという考え方が強かったように思います。その頃、新宿の青山ブックセンターに「欲望文化」という棚があったんですよ。いまでいうサブカルチャーの棚がそんな名前だったんですね。「Quick Japan」とか、青山正明さんや秋田昌美さんの本が置いてあった。その頃は性的なことにしろドラッグカルチャーにしろ、そういうものを突き詰めてる人がすごいし偉い、という雰囲気があったんですよ。援交してるほうが偉い、女といっぱいヤッてるほうが偉いみたいな。

岸　そうそう！（笑）

雨宮　本当にあのときは、文化系って脆弱《ぜいじゃく》だなって思いました。みんな身体性にすごく弱いから、体験主義に弱すぎるんですよ。まぁ、私もその脆弱さを克服したくてAVライターになったようなもんですから、何も言えないですけど（笑）。

でも最近は、そういう過激さがださい、っていう風潮を強く感じています。ドラッグなんてださいし、なんならお酒ももうださい。セックスに溺れてるとか、もちろんださい。身体性や特別な体験に振り回されてるやつのほうがださい、っていう空気がありますね。その転換って、むちゃくちゃ面白いです。

「普通の幸せ」が欲される時代

岸　でも、雨宮さんの本を読んでいると、陶酔することに憧れてるようなところありますよね。いまのそういう風潮は、さみしくないですか？

雨宮　スマートで好きですけど、やっぱり「自分とは違う」と思いますね。私は非日常が好きなので。いまだにヌーディストビーチに行ってみたいとか、バーニングマン（砂漠でおこなわれるフェス）に行ってみたいとか、よく思います。それを体験すれば何かが変わるんじゃないかという幻想があるんですよ。たぶん変わらないんですけど。あと、欲望の話に戻ると、幸せになれないとわかっていても求める気持ちというのもあって、それは理解できないまま自分の中に存在してますね。

岸　いまの学生って本当に酒飲まないですからね。みんないい子やし、堅実やし。一九七四年からほぼ六年ごとに行われている、「青少年の性行動全国調査」というかなり大規模な調査があります。七〇年代から一貫して、若者の性交の経験率は上昇してきたんですけど、この十年で急にグッと下がってるんですよ。その他いろいろ考えると、一九九五年から二〇〇五年くらいに、何か大きな構造変動があったんだろう、となんとなく思ってます。

雨宮　お金がなくてホテルに行けなくなった、とか？　ブルセラブームの真っ只中でもあるかな。

岸　お金がないのはその通りですね。いま首都圏の私大に通う下宿生の一日の生活費が九〇〇円を割りましたから。僕が学生の頃は、バブルの頃やったんで、一日の生活費が二五〇〇円もあったんですよ（『朝日新聞』二〇一五年四月四日）。

いまの学生に「デートでどこ行くん？」とか聞いたら、屋内のレジャー施設にすごく行くらしいです。卓球があってバスケがあって、一日中そこにいる。けど、スポーツしてるんじゃなくて、ただ座って建物のなかにある漫画読むコーナーで、漫画読んでるって（笑）。

雨宮　えーー！　絶対行きたくない。ここで私が絶対行きたくないっていうのも、旧世代代表の模範解答みたいで嫌ですけど（笑）。いや、その場所に行くのは全然いいんですよ。だけど、二人でいるのにそれぞれ漫画読んでるのがやだ。

岸　帰りは餃子の王将とかに行くらしい。社会全体が近代化していって、合理化していって、どんどん合理的な暮らしというか、無理しない、陶酔しない、という冷静な感じになっていますね。ついでにいうと、社会全体でマナーもよくなってますし、犯罪も激減しています。

雨宮　恋愛も非日常じゃないんだ。堅実だし、ぐうの音も出ないほど正しいですね。今の二十代の人、私より貯金あるんだろうなぁ……。その世代では、私のような欲望を持ってる人は少なくて、日常的な欲望がメインで、それをみんなが模倣しているのかもしれないですね。

岸　そうですね。ただ、もちろんそれも、一定の収入やコミュニケーション力がある範囲でのことですが。

日本に恋愛は根づいていない

岸　一九九五年くらいから非婚率が急上昇するんやけども、それはちょうど労働条件が悪くなったときと重なっているんです。その頃って、非正規化が進んでいたときなんですよ。九五年に「新時代の『日本的経営』」という提言を当時の日経連が出して、そこからガバッと非正規が増えてくる。

それと、いままではお金がないから結婚できない、という解釈だったんだけど、最近の家族社会学の研究を見ていると、正社員のグループはけっこう結婚をしているみたいなんですね。それは、会社が相手を紹介しているんですよ。

雨宮　それ、うちの両親の結婚のパターンですよ。ド昭和じゃないですか。

岸　いまでもけっこうあるんですよ。だから派遣だったり小さな会社に入ると、出会いが少ない。結婚って、日本では、戦後間もない頃は七割がお見合いで、恋愛結婚はすごく少なかったんです。それが一九六五年頃に逆転するんですね。いまは、恋愛結婚が九割です。それから最近では、お見合いをしてもその後に恋愛をしますから。本人たちは、恋愛結婚やって言うんですよ。

雨宮　そのせいで見かけ上は、恋愛結婚が増えてるように見える。

岸　きっかけがお見合いでも、基本は恋愛なんですよ。恋愛を通過しないといけない。それで恋愛を保証する場所のひとつが大学で、もうひとつは会社だったんですね。だけど会社に行ける人が少なくなったので、結局いま結婚している人の数が減っているんだと。

そうすると恋愛が逆転したのは見かけのものであって、昔はお見合いだったのが会社が紹介してるだけの違いなんです。個人では出会ってないんですよ、全然。

雨宮　釣り書きがなくても、スペックがわかる場所での出会いですね。

岸　そうそう。結局、日本に恋愛って根づいていないんですよね。だから言語化が必要だっていうのは、そういうところもある。

出会って恋愛のきっかけを作るのって、ソーシャルスキルじゃないですか。それは言葉でしかないですよね。身体を使ったら暴力になるし。単に「好きだ」って感情をぶつけるだけじゃなくて、「相手に好きにならせる」っていうのは、ものすごく複雑な戦術がいるんですよ。相手に選ばせるみたいな。とくに女性の場合はそうだと思います。できる人とできない人がいるんやけどね。実のところ僕たちは、この社会は、言語によるコミュニケーションをしてこなかった。そしていまでもしてないなぁと思うんですよね。

雨宮　本当の意味で恋愛できる人は、ほんの一握りだとよく言われますよね。

岸　むき出しの個人のコミュニケーションみたいなのは、やってはいるんだけど、どこかで苦手なところはあるんですね。

ウェディングドレスが着たい！

岸　以前、よく学生に理想の結婚・恋愛を書かせてたんです。すると、男子は本当にかわいらしくて、仕事から疲れて帰ってきたらエプロンつけた奥さんがシチュー作って待ってくれてて娘はピアノ、息子とキャッチボール、レトリバーを飼うみたいな感じなんです（笑）。関西の子たちなので、ふざけて書いてるだけなんやろけどね。ダウナー系だと、結婚してもいいんだけど、家帰ったらすぐ自分の部屋に入ってゲームしたい、そこで嫁としゃべるのだるい、みたいな感じだったり。そういうの邪魔しないんだったら結婚してもいいけど……という。

女子は切実みたいで、私は結婚したい。子どもが小さいうちは主婦でいたい。でもそのために稼ぎがいい旦那を見つけるくらいの器量は私にはない。けど私はこの厳しいデフレの中で働いていけるだろうか、でも、でも、でも……みたいな感じです。切実なんですよ、男はあほやなあと思う（笑）。

雨宮　私、三十歳ぐらいのとき結婚を考えたんですが、同世代の男はほとんど貯金ゼロでした。なのに「家欲しいな〜」とか「車欲しいな〜」とか「子ども欲しいな〜」とか言ってる。こっちはお金ないなら結婚式は諦めないとなとか、出産を考えたらどのくらいの家に住んで、費用はどのくらいいるのか、出産するとして仕事はどうなるかとか考えてるのに。認識の差に愕然《がくぜん》としましたね。

岸　でも逆にそういうやつのほうがいいかも。

雨宮　むちゃくちゃイラつきましたよ（笑）。当時は「バッカじゃねえの？」って思ってました。こっちとしては「子ども欲しい」が現実的な問題に見えてないってことに絶望するんですよ。

岸　うちの卒業生の女子がこの前、「二十代も越えたし、結婚したいけど、彼氏がすごく稼ぎが少なくて優柔不断だし」と泣いていて。でも同棲はしてるから「そんなん籍入れたらええんちゃうん？」と言ったんですね。僕も式は挙げてないので。そう言ったら「私は式をしたいんです、一生に一度はウェディングドレスを着たいんです」と。

雨宮　私も着たい‼

岸　おぉ……やっぱり着たいと思う人は多いんですね。

雨宮　私はロマンチックなものへの憧れが強いので、自分の世代では特殊な例だと思います(笑)。あと、ドレスが好きですからね。

岸　彼女はみんなに見てほしいみたいなんですよ。披露宴をしたい、お色直しもしたいわけ。

雨宮　見てもらいたいっていうのは全然ないですね。私はナルシストだから、キレイに着飾ってキレイな写真を撮ってほしいだけなんです。あと、愛を誓ってほしい。その子は、周りに幸せだと認められたいんですかね？

岸　とくに自己評価の低い子やと、普段は容姿に劣等感を抱いて生きているから、無条件で「かわいい」とか「キレイだ」って言ってもらえるのがその日だけみたいな思い込みがすごくあって。そして僕は、そういう考えを否定はできない。でも、社会学者ってそういうのを簡単に否定するんですよ。「家父長制なんてとんでもない！　結婚なんていうのは体制のアレだ！」みたいにね。

雨宮　ささやかな願いじゃないですか。それが結婚式ぐらいの重大時にしか叶えられないことのほうが問題じゃないですかね？　ＡＶの女優さんに「なぜＡＶ女優になったんですか？」と訊くと、もちろん「お金のために」とかは言わないし、嘘もあるでしょうけど、「メイクしてキレイな状態で写真を撮ってほしかった」と言うんですね。それが決定的な理由ではないにせよ、そのことは本当に嬉しそうに言う人が多い。若くてキレイなうちに人前に出て、キレイだとかかわいいとか褒められたい、っていう気持ちを、私は否定できないです。別にそのくらいいいじゃないですか。でも、芸能人になるかＡＶ女優になるかでしか満たされないなら、それ、ほとんどの人ができないことになってしまう。

岸　なんというか、その程度の承認が満たされない。だからものすごくシビアな世の中だなと思います。

雨宮　私は結婚はいつできるかわからないんで、資生堂フォトスタジオでメイクつきで写真撮ってもらいましたけどね（笑）。他者から承認を得るのは難しくても、自分で自分を承認するためにできる行動はあると思います。

もともと持ってるものを褒められたい

雨宮　岸先生は「俺は顔を褒められたいんだ！」ということをおっしゃいますよね。

岸　（笑）。基本的に男の生き方って、努力と引き換えに承認されるルートしかないんです。どんな職業にしても、努力して認められていく過程なんですよね。それを認められるのは嬉しいけど、たまには何もしなくても、もともと持ってるものを褒められたい、というのがある。

雨宮　女は女同士で褒めあったりしますけど、男はないんですか？

岸　ないですないです。男同士で褒めあうとすれば、「お前の論文面白かったよ！」「あの仕事はいいよね！」みたいなことで。結局実力ですよ。あんまり「ありのままのお前いいよ」みたいなのはないですね。

雨宮　女同士は褒めあいますけど、「美人だね」「かわいいね」みたいな直接的な褒め方は少ないです。美人とかかわいいっていう褒めもあるんですけど、集団の中でそれをやると軋轢《あつれき》が生まれることを知っているので、言っても大丈夫な関係性の中でしか言わないですね。男の人はすっごい無頓着に、女の集団の中の一人を「美人ですねー！」とか言いますけど、あれめちゃくちゃ迷惑なんですよ（笑）。女同士は「その服いいね」とか、あなたの性格や雰囲気のこういうところがいいね、って褒めることが多いかな。男に伝わらない努力を女同士で褒めあってる部分もあるし、相手への好意を褒め言葉で示すというコミュニケーションでもあると感じます。女同士の愛情表現って、めんどくさいと言われることも多いですけど、相手の負担にならないような小さなものをプレゼントしたり、繊細でバリエーションに富んでるとよく思いますね。

「恋愛ができない」？

雨宮　私は、人の悩みを聞く連載を二つ持っているんですが、どちらにも「恋愛ができない」という相談がすごく寄せられるんです。

岸　オーネットの「第二十回新成人意識調査」で、新成人の七割が「交際相手がいない」、五割が「交際経験がない」と発表されていましたね。それで一番面白かったのが、「一度も人を好きになったことがない」が二割ほどあったということなんです。二十代のお盛んな時期にですよ。
基本的にどの調査を見ても、性行動や恋愛行動自体がどんどん減っている。あるいは何回も付き合ったことがある人と、一度も付き合ったことのない人とで、二極化してるんですよ。
山岸俊男さんという、「信頼」の研究をすごくされている社会心理学者の方がいます。この「信頼」というのは、会ったばかりの知らない他者に対する「信頼」なんですね。たとえば、知らない土地でカバンをちょっと置いて、離れて自販機に行けるかどうか。「基本的には悪い目には遭わないだろう」という、無根拠だけどそう思っているのが「信頼」なんですね。それが日本はものすごく低いんですよ。

雨宮　えーー！

岸　治安が日本ほどよくないアメリカとかヨーロッパより、はるかに低いんですね。

雨宮　あっ、日本は、知らない人とはしゃべらないし……。たしかに、カフェとかで仕事してるとき、お手洗いに行くときにパソコンを持って席を立つかどうか迷いますね（笑）。知り合いの店とかじゃないかぎり、持って行っちゃいますし。

岸　そう。それで面白いことを山岸さんがおっしゃっているんですが、「信頼」っていうのはリスクテイキングなんですよね。見知らぬ他者のことを、根拠もなく信頼してしまうっていうのは、当然リスクがあるわけです。だけど、リスクがあっても構わへんと。「まぁ、みんないいやつじゃない？」という感じで暮らすのは、いつか裏切られるかもしれない、カバンを盗まれるかもしれないっていうリスクを、あえて取るということですよね。

では日本人はどうかというと、日本人は「和を尊《とうと》ぶ」とか「マナーがいい」と言われるでしょう。あれは「信頼」じゃなくて「安心」だということなんです。この人は絶対そんなことしないんだ、という安心に対する志向性は強いけれど、一般的な他者に対する信頼はものすごく低い。

雨宮 何か起こったときに、「そんなことするお前が悪い」っていう言い方をされますよね。自己責任だと。

岸 そうそう、自己責任。リスクを取ったお前が悪い、ということですよね。ひどい目に遭ったときに「それ、なんとかならへんかったん？」と言われる。「犠牲者非難（Victim blaming）」がものすごく強いです。

コミュニケーション研究の用語で「関係開始スキル」と「関係維持スキル」という言葉があります。そんな難しく言わずに、「口説く」とか「付き合う」でいいじゃん、という感じの言葉ですけど（笑）。「関係開始スキル」って、要するにリスクテイキングなんですよね。フラれるかもしれないけどアタックしてみる、ということでしょう。それが日本人はもともと低い。日本人というか、日本の社会はね。だからお見合いシステムから会社システムに変わったときに、いかに個人が恋愛をしていくか、ということは、やっぱり難しい問題。

おばちゃんは社会に必要

雨宮　先日、朝ドラの「マッサン」に出ていたシャーロット（・ケイト・フォックス）さんがテレビで、日本でびっくりした話として、新幹線に乗ったときに荷物を網棚に乗せようとしたらすごく重くて、持ち上げて乗せることができなかったのに、周りにいた十人くらいの男性は誰も助けてくれなかった、という話をされていて。とにかく「他人と関わり合いになりたくない」という空気は、私もよく感じます。

岸　それって、要するに「冷淡」ってことですよね。学生に「電車でもし人が倒れたらどうする？」と聞くと、「下手に助けて余計に悪くなったらいけないから見てる」と言うんですよ。それは違うだろうと。「配慮」と「冷淡」がごっちゃになってる。

以前、連れ合いと難波《なんば》の地下街を歩いていたら、女の人とおっさんが揉《も》めていたんですね。僕はそういうときすぐに「なんやなんや」と入っていってしまうんですが、そしたら男がバッ！　と逃げたんです。カバンの取り合いをしていたから、ひったくりやと思って追いかけたんやけど、走りながら「ひったくりや！　捕まえてくれ！」って言ってんのに誰も捕まえてくれない。みんな見てるんですよ。それで、そのなかでも二、三人一緒に追いかけてくれたのが、みんな女の人やったんですよね。

雨宮　あ〜〜。

岸　男は一人も、なにもしない。結局取り逃がしてしまったんやけど、そしたらその男、ひったくりやなくて盗撮犯やってん。それ聞いて余計に悔しくなって、ちょっと普段からマラソンでもしようかと思いました（笑）。してないですけど。

でもあのときの冷淡な感じがすごく頭に残っていて。かなりの距離を叫びながら走ったんやけど、誰も助けてくれなかったですね。本当に。

雨宮　本当にきついですよね。混雑している駅で、人とぶつかってしまって「すみません」と言うと、自分の父親ぐらいの年齢の人が「チッ」と舌打ちをする。数え切れないくらいあります。

岸　中高年の男性はひどいですよね。お互いにひとこと「すみません」と言えばいいのに、知らない人にひと声かけるときの障壁の高さがなんやろって思うんです。

雨宮　あれ、おばちゃんがすごくうまいですよね。

岸　そう、おばちゃんが超うまい。大阪で暮らしてると正直うっとおしいです（笑）。逆に障壁が低すぎるんですよね。

雨宮　劇場とかでも、おばちゃんは普通に話しかけてくる。「この舞台来るの、何度目？」とか。飛行機の中でもあったなぁ。

岸　おばちゃんは必要ですよ。社会にすごく必要。銀行で並んでるときにおばちゃんがひとこと「今日混んでるなぁ！」って言うだけで周りがスゥッって和むんですよ。

雨宮　わかる！　あのおばちゃんスキルは、身に付けたいもののひとつですが、あれを身に付けられないまま老いていく男性の世界ってむちゃくちゃきつそうだなと思います。

個人のスキルに任せていいのか

岸　でも一方で思うのは、個を確立して交渉して、というのは必要なんですが、個人で交渉する社会ってものすごく自由で流動性の高い社会で、格差が広がる社会なんです。それこそ二極分化していく社会。なのに、そこを個人のスキルに任せていいのか、ということなんですね。

雨宮　結局、個人のコミュニケーションスキルの格差社会になってしまうということですね。

岸　そうなんですよ。コミュニケーションが上手な人、恋愛できる人って、実は割と少数派じゃないですか。セックスにしても、しないまま終わる人も意外と多いし、しても良さのわからないまま義務で何回かだけしてるっていうのもすごく多いでしょう。だからいま日本で必要なのは、個人と個人の言語的コミュニケーションや関係開始スキルなんだけれど、なんか、それでええんかな……とも思うんですよね。

雨宮　個人のスキルに任せちゃっていいのか、ということですよね。一部の人は余計に生きづらくなるのでは、と。

岸　小谷野敦《こやのあつし》さんが『もてない男』のなかで、一夫一婦制は素晴らしい、もてない男に強引に一人あてがってくれるから良いんだ、と書いてボロカスに言われたんですね。僕は賛成はしないんだけど、小谷野さんが言いたかったのはまさに「個人に任せていいのか」ということなんだと思うんです。

不倫率が結婚率を下げている？

岸　けれどいまのままだと、既婚者のおっさんが勝つんじゃないかなと思うんですよ。若い子と飲んで話聞いていても、みんなよう不倫してますよね、若い子。

雨宮　これは何のデータもない個人的な実感ですけど、不倫率が結婚率を下げてる気もするんですよね。既婚者と独身者の不倫、すごく多い。私の友だちがママ友と話してたら「あー、彼氏欲しい。今度合コンするけど、来る？」と言われたそうなんです。彼女は「私は別に否定はしないけど、日本ではいつから不倫相手のことを彼氏って言うようになったの？」と言ってて。

岸　ははは！　ものすごく不倫がカジュアルになっちゃってるんですね。たしかに、独身の男女がそれで時間を浪費してるっていうのはあるかもしれない。僕の友だちも、十年間同じおっさんと不倫してたもん。

雨宮　長いな〜！

恋愛とか結婚とか、別にしたくなければしなくていいと思うんです。でも、はっきりと「したくない」というわけでもなさそうなところが難しいなと思っていて。みんな漠然と「いいものなんだろうな」「したいなぁ」「経験してみないとわからない良さがあるのかも」とは思っているけど、仕方がわからないという戸惑いをすごく感じます。恋愛以外でも、他人との関係をつくりにくくなっている感じがありますね。友だちができないとか。全体的に、人付き合いがしにくいとみんな感じてるのかな、という気がします。

岸　みんな人が怖いんでしょうね。怖いからできなくなる。

雨宮　あー、それはすごくわかります。

岸　ヘイトスピーチとかね、他者が怖いからああいう排外主義的なものが出てくるんだと思います。攻撃性というのは、恐怖感の裏返しですからね。

雨宮　何かを奪われたり、傷つけられたり、ひどいことをされるにちがいない、という気持ちがあるから攻撃的になるんですよね。

岸　そう。よく、非正規雇用が増えて恵まれない人が増えたから、それのはけ口になってるんだ、という説がありましたけど、いま全部否定されているんですね。もう全然収入とかは関係なくて、そういう人はあらゆる層にいると。ほぼ完全に、パーソナリティの問題なんじゃないかということになっていますね。

雨宮　そう！　だってすごいお金持ちや、社会的に地位の高い人の中にも、攻撃的な人っていますよね。

岸　ある種の割合の人に強く出ているけれど、そこだけじゃなくて、全体的になんか他者が怖い、というところはあるんですよね。

だからなんというか、極端なんですね。それこそ他者が怖くて関係を結べないか、既婚者のおっさんでやりたい放題みたいな、どっちかしかないわけではなくて、中間にいっぱいいるはずなんです。みんなすでに友だちを作ったり、恋人を作ったりしているんですが、それでも一般的に、なんか他者が怖い社会ではあるんですよね。でも恋愛しないとダメなのかも微妙なんですよ。さっき言ってはったみたいに、恋愛しなくてもいい、という選択肢もありますしね。

雨宮　不景気になって、みんなが貧しくなっていくなかで、楽しいことって、もう後は人間関係だと私は思うんですよね。お金がなくても、誰かが家に来てしゃべっていたら楽しいじゃないですか。何人かでテレビを見ているだけで幸せというか……。

岸 ほんとうにそう思います。けれど、そうはならないんですよ。逆になるんです。

雨宮 そうなんですよね。いま持ってるものを取られまいとギスギスする世界。

岸 みんなブラック企業でも我慢しちゃうんですよね。ほんとうは一斉にやめられたらいいんですが。

雨宮 何かを分け合えば幸せなんだけど、みんなが分け合わないから自分が分け与えたら損だ、みたいになっていって。

岸 意外に僕らは縛られてるし、個人として生きるのって難しいですよ。

しんどい競争と個人のしんどさ

岸 僕、雨宮さんのある本のアマゾンのレビューで爆笑したのがあるんですね。「すごい自虐的な本だと思って期待して読んだのに、最後は自慢話でがっかりしました」と。すげー！　と思いました（笑）。

雨宮　ははは！

岸　それも自慢って言っても、「そこそこ口説かれるようにもなって」くらいの一個の記述で「結局この人、口説かれたことを自慢したかっただけじゃん！」ととる。どんだけネガティブやねんと思いましたね。

雨宮　「モテなかったとか言ってるけど結局女はセックスできるじゃん！」とか、女性の方でも「結局処女じゃなくなってるから共感できませんでした」とか、多いですね。ひどい話を期待して読んだら、自分より上だった、騙された、という感想です。とくに、発売後年数が経つほど、そういう評価は増えました。「こんなのこじらせてるうちに入らない、自分のほうがひどい目に遭ってる、お前は恵まれてる」と。時代の変化を感じましたね。

岸　個人のしんどさってすごく聖化されるんですよね。聖なるものになるんです。それを読者は、雨宮さんに対してぶつけてるんだと思うんですね。

雨宮さんからしたら本当にしんどかったわけでしょう。ボロボロになったわけだし。だけどそれを読者が自分と比べたときに、「私より恵まれてる」「私のほうがしんどいわ」っていう、しんどい競争みたいなふうになってますよね。みんなが自分のしんどさを守るというか、聖なるものとして譲らないところはありますよね。

雨宮　その世界だと、「しんどいほうが偉い」ということになっちゃうんですよ。

岸　でもそれもまた微妙なんですよ。たとえば雨宮さんの『だって、女子だもん!!』という対談集。あの対談集に登場されている方たち自体が、社会的には成功してる人ばかりですよね。みんな劣等感と闘っているんだけれど、漫画家や、雨宮さんみたいにライターになろうとしてなれなかった人のほうが大多数ですよね。そこから見ると、同じ女子としてのしんどさを抱えつつも、社会的に成功してる人がいる。本を出せるっていうのも特権ですからね。

雨宮　私は自分が一番しんどいとは思ってないです。恵まれてるのはわかるし。どっちがしんどいかという競争だと譲れるんだけど、「しんどくないやつがしんどいとか書くな」と言われると、ちょっと、という感じですね。他人との比較じゃなく、個人でしんどかったのは事実なので。

岸　だけどマイノリティとか、在日コリアンとか被差別部落とか障害者とかで調査とか勉強をしたときに実感するんですけど、自分の個人的な悩みはいったん置いといて、もっとしんどいところに追いやられてる人たちがいるから、そこをもっと見ようっていうのも、それはそれで必要なんです。でも同時に、一人の個人がしんどいと思ってるんだったらそれがすべてだっていう考え方もまたあるわけですね。その二つは矛盾してるんですよ。

「持っている」ことをバカにする

岸　僕と連れ合いは不妊治療を五年くらいやって、子どもができなかったんです。しんどい経験をした当事者の話を聞いてても、「でも子どもいるじゃん」と思うときもあるんです。その人に子ども、いたりするんですよね。

雨宮　はい。

岸　でももっと他の人から見たら、僕は、結婚しててパートナーがいるじゃないですか。いない人からしたら「子どもくらい何？」って言われるかもしれない。その辺りがいま一番重い問題だと思います。僕個人にとっても、社会学的にも、解決不可能な問題。

たとえばお互いポジティブに、大阪のおばちゃんがやるみたいな、「飴ちゃん」とかの交換して仲良くやろうよっていうのが大事なのはわかるけど、それはそれとしてその次に、お互いのしんどさをどうやったら交換できるのかということを考えると、いまのところ無理なんですよ。かなりポジティブな感情が底流にないと不可能だと思う。でも、人間はネガティブな感情のほうが強いって、それこそTwitterが教えてくれた（笑）。

ポジティブな気持ちでひとこと声かけようよ、ということはわかりやすいと思う。だけど大事なのは、その次ですよ。ネガティブな感情をどう処理するのか。

雨宮　どんどん湧いてきますもんね。

岸　僕が一番凹《へこ》んだのが、「差別論」という授業で、いろんなマイノリティの話をしていくんですが、最後に自分の不妊治療の話をしたんですね。僕も手術を受けた話とかをすると、話を聞いて泣いてくれる学生もいる。でも、一度だけですが、授業のアンケート用紙に男の子が「嫁自慢乙」って書いてきてね。もうすごく泣けてきて、あれだけ辛い気持ちをみんなの前で正直に言ったのに、って。言えるようになるまでけっこう時間がかかったんですよ。だけど連れ合いがいるっていうところだけを聞いて、自慢やと思ってるんですよ。

雨宮　昔は、「持ってない」ことをバカにされるのが一般的だったと思うんですよ。

持っている者が持ってない者をバカにするっていうのが定型だったのに、いまは持ってない者が持ってる者のことをバカにする。「お前なんか持ってるくせに、持ってない人間の気持ちなんかわかんねぇだろ」って。

岸　差別のあり方が逆転したんですよね。昔は「穢《けが》れてる」って言っていたのを、最近は「特権を持ってる」みたいな感じの攻め方をするんですよ。社会心理学者の高史明《たかふみあき》さんがそういう研究をしています。

雨宮　「特権を持っていれば叩いてもいい」ということになっていますよね。悪口も、「あいつ実は実家が金持ちらしい」とか、そういう方向になりましたね。「実は貧乏」じゃなくて、「実は金持ち」が悪口になる世界。

文字情報だけでは人はケンカする

岸　でも、ネガティブな反応が全部ダメっていうわけじゃなくて、炎上したほうがいい案件はあるんですよ。たくさんの人が声をあげること自体はいいことやと思います。それ自体はいいことなんですけどね、ただネガティブな感情が増幅されてる感じがする。

雨宮　いまの炎上のスピードは速すぎるし、事実関係の確認もなしに反射的にたまたま目にした言葉にひとこと言いたいだけの人が多すぎて、ノイズがひどいんですよね。炎上した側が

「面倒だから黙ってただ謝る」という選択しかしなくなったら、意思の疎通はできないですよね。もともと、炎上じゃなくて議論だったはずのものが「炎上」として消費されてそういう終わり方をするのは、むちゃくちゃ虚しいですね。

岸　あと、インターネットで人間がもともと持っているネガティブな感情が増幅されるのはなぜかと言うと、インターネットっていまだにテキスト情報が主体なんですよね。文字情報がメインなので、絶対ケンカをするんです。僕は、メーリングリストの時代から掲示板、SNSまでずっとネットを使っていますが、だいたいケンカしています。

文字のやり取りをしていて好意を持つ、いつの間にか好きになっちゃうってあんまりないんですよね。

雨宮　ないんですか!?

岸　えっ？　あったんですか？

雨宮　全然あります。だから、文字のやり取りを多くする人とは、なるべく早めに会うようにしてます。でないと、現実と文字のギャップが埋められなくなるし、信頼できる人なのかどうか会っておかないと、文字だけで心を開いちゃうと危険だから。

岸　それは惚れやすすぎるで（笑）。

雨宮　言葉の人間だから、言葉で惚れるのは普通ですよ（笑）。でもケンカになるというのは、すごくわかります。何気ない言葉を皮肉やあてこすりだと受けとられたりね。だから普段仲のいい人とはSNSでのやり取りに重きを置かないほうがいいのかな、とは思います。

岸　そうですね。

ネガティブな気持ちを飼いならす

岸　ネガティブな感情との付き合い方って「自分で認めることができるか」ということなのかな、と思うんです。自分のネガティブな気持ちを、どれくらい認めることができるか。

さすがに最近はなくなったんですけど、僕は一時期は、友だちに子どもが生まれると、心から祝福するんだけど、やっぱり子どもの写真が載った年賀状が来ると、「うちの事情も知ってるくせに」と思ってしまっていたんですね。最初はその気持ちをすごく否定して、心から祝福してあげないといけないって思ってたんですけど。

でもそんなに無理せんでもええわ、と思ったんです。ちょっと一時的にしんどいから距離置きたいって思えばいいだけだから。自分のネガティブな感情を飼いならすことができないと、変な方向に向いちゃうんだと思う。……なんか、社会学とか関係ない、ただの人生論みたいになってるんですけど（笑）。

雨宮 いやいや、大事なことですよね。

岸 妬《ねた》みの感情とかあるじゃないですか。でもなかなかなぁ。

雨宮 でも一回徹底的に付き合うと、認識はしやすくなるじゃないですか。次にイラッときたときに、自分は何にイラッときてるのか、ということが理解できる。私は自分の中の嫉妬心とか、人と比べて落ち込む気持ちみたいなものとは、ものすごく付き合いが長いので、飼いならすまではいかなくても「自分が何に苛立っているのか」を正しく分析する、ということはだいぶできるようになったと思うんです。認めたくないものと向き合うはめになることも多いですけど、だいたいはそこが一番のポイントなんですよね。

岸 そういう意味でも言語化するのが大事ですよね。ゼミの中でよくカップルができるんですけど、その中で、男のほうに「彼女が今度コンパ行くって言ってて、めっちゃ嫌やねんけどどうしたらいいかな？」って相談されたんです。「でも束縛してるって思われたくないから、行くなとはよう言わん」って、研究室の外のバルコニーで二人で話して（笑）。そのときに「コンパに行くなって強制する権利はないけれど、コンパに行ってほしくないという気持ちを伝える権利はあるよ」と。言葉で気持ちを伝えることはできるよ、って言ったら「そっかぁ！」って納得してくれて。

気持ちを、ちゃんと伝える

雨宮　その話でいま思いついてしまったんですけど、言葉をうまく操ることができる人が上位に立つ、ということがありますよね。たとえば、「俺は離婚する気はないよ」とか、「俺は結婚願望ないからね」とか。それで相手が結婚話を出してきたときに「俺は最初に結婚しないよって言ったよね」って。

岸　それは違うねんなあ。伝えてるんじゃないねん。押し付けてるだけやねんな。

雨宮　関係性についてのことだから、どちらかが決めていいことじゃないんですよね。

岸　そうそう。一方的にあなたが言ってるだけで、私は必ずしも受け入れてるわけではないと言えばいいだけの話であってね。みんながこういうことを言えたらいいんだけどな。

雨宮　言えないんだよなぁ。言うと関係が壊れる恐怖があるんですよね。自分の希望は言わないと通らないのに。

岸　何十年も前に僕の友人の女の子が家に来て飲んでたときに、彼氏の子を中絶したと言うんです。それで「体大丈夫なん？　あいつも金出したん？」って聞いたら「彼氏に言ってない」と。彼氏に知られないように中絶してたんですね。「えーー！　まじで！　なんで言ってへんの」って聞いたら「バレたらふられるから」って、内緒で堕《お》ろしてるんです。

雨宮　あ〜〜、その気持ちわかるけど……わかるけどきついなぁ。

岸　わかるんだ……。それで、言えないことの帰結がそれなんだということが、強烈に自分の中にあるんです。言えないってそういうことになるんだよ、と。結果として。

だから結論的には言いましょうってことなんです。ネガティブな気持ちも、好きだって気持ちも、ちゃんと伝えようよって。そういうことを伝えようっていう本を書いてください！

雨宮　いや〜、自分もできてないから、それは書いても説得力ゼロですね（笑）。でも、伝えるのが大事っていうことは、心に刻んでおきたいですね。

あいだに

「あの雨宮まみさんが、岸先生の連載を褒めてくださってます！」というメールが編集さんから来て、あわてて Twitter を見ると、とてももったいない、過分なお言葉で、私の「朝日出版社第二編集部ブログ」の文章を取り上げてくださっていた。この文章はのちに『断片的なものの社会学』という本の一部になる。この本はたくさんの方から評価していただいたのだが、もっとも早かった方のひとりが、雨宮まみさんだ。

この対談本のもとになる、「みんなのミシマガジン」での対談の企画をいただいたときは、とてもうれしかった。最初の対談は大阪でおこなうことになり、阪急の梅田駅の改札で待ち合わせをした。時間ぴったりに雨宮さんが……。いや、あれは……

最初に思ったのは、「と、東京が歩いてくるよ…」ということだった。阪急電車の神戸線のホームから、改札の外にいるこちらを向かって歩いてくる雨宮さんは、大阪の田舎者の目には、まるで「東京そのもの」みたいに見えた。それほどゴージャスかつエレガントだったのである。

ぱっと見でそう思ってしまったのだが、もちろんそれは「お金がかかった」「ド派手な」ということではなかった。雨宮さんは、「主張」をしていたのだ。私はここにいる、という主張を。雨宮さんはゴージャスというよりも、存在感、あるいはオーラを放っていたのである。

対談に先立って読んだ『女子をこじらせて』で、私は打ちのめされた。かつてこれほど、自分というものと真正面から、勇敢に闘ったひとがいただろうか。この本は、寝転んでワハハと笑いながら気軽に読めるように書かれてはいるが、しかし私はこれは、自己との壮絶な闘いの歴史を描いた、現代の一大叙事詩だと思った。

そのあと何度かお会いしたが、そのたびに思うのは、雨宮さんはただそこに静かに佇《たたず》んでいるだけで、遠くからでもはっきりわかるほどの存在感を持っているということだ。そして、これほどの存在感は、自分というものと真面目に、真剣に闘ってきた方のみが持つものなのだと思う。

対談自体は、テーマも話題も決めずに（本当に一切何のテーマもお題も決めてなかったなと、いま改めて気づいた）、ただの雑談のように進んだ。ところどころで爆笑し、また深刻に頷《うなず》きながら、話はいつまでも尽きることがなかった。そして私は雨宮さんの、映画や演劇や文学やファッションや、そのほかありとあらゆることについての膨大な知識に圧倒された。

本書に収められたのは、そのうちの「もっとも無難な部分」である。いつかどこかでまた、是非とも続きをやりたいと思っている。そのときまでには私も、少しでもオーラ負けしないように準備しておきたい。準備って何をすればいいんだ。筋トレか。

それでは、東京で二〇一五年九月におこなわれた二回目の対談をお楽しみください。

岸政彦

二日目　浮気はダメ！

「ポエム葬」は勘弁して！

岸　雨宮さんのご出身は福岡ですよね。九州だと一度出て行ってUターンする人も多いんだろうけど、都会で立派に成功してたりすると、あまり戻れないんじゃないですか？

雨宮　お正月ぐらいは顔出しますよ。帰ろうと思えば時間はいくらでもあります。でも、福岡が嫌いすぎて、あんなところに行くのに交通費や時間をかけるのが嫌で嫌で……。帰っても、東京でちゃんと仕事できてるとか成功しているなんてことは一切認められないです。私が女なので。「そんなの実家に住んで、アルバイトでも生活していけるじゃないか。家賃いらないんだから」「親の元にいないのが親不孝なんだ」と。「娘なんだから親の面倒みなさい」という感じです。

そうそう、先日父が亡くなりまして、葬式をしたんですが、その葬式が……。いま「ポエム葬」が流行《はや》ってるの、知ってますか？

岸　うわっ！　「ポエム葬」は知らないけど、それ聞いただけで僕の嫌なツボがもう……。

雨宮　うちの祖母が亡くなったときにした葬式が、まさにそうで。いまの葬式には、ナレーターがいるんですよ。ナレーターが「では故人の写真を見ながら生前を偲《しの》びたいと思います」と言い出して、「何するんだろう？」と思ったら、デジタルフォトフレームでいろんな写真を流しながら「○○さんは何年にどこどこの地に生まれ」とか、生い立ち紹介が始まるんです。「○○さんと巡り会われ、家庭を築かれました」と。

岸　結婚式みたいやね。

雨宮　私、生い立ちはありだと思うんです。祖母の昔の話なんてそんなに知らないから、「そうなんだぁ、へぇ～」という新しい発見もあるし、出席されてる方もなんで亡くなったのかとか、それまでの経緯とか知りたいだろうから、それは言ってもらってもいいとは思うんですけど、途中でいきなり「○○さん、あなたは」と語りかけてくるんです。あなたって誰？　主語は誰なんだよと（笑）。

岸　あっ、こっちに呼びかけてくるんだ（笑）。

雨宮　そう、「政彦さん、あなたは……」というふうに、呼びかけてくるんですよ。なので父の葬式のときは、「とにかくポエムだけはやめて」と言ったんです。母と弟が進めていたので、弟が「あんまり変なのは嫌だから、ポエムみたいなのはやめてください」と伝えたんですけど、むこうはそれをポエムだと思っていないんですよ。

岸　ああ、そうでしょうね。

雨宮　ポエムだと認識してないから、父の葬式のときもポエムが始まってしまって。

それも嫌でしたし、九州だけなのか、ほかでもそうなのかはわかりませんが、葬式では長男というのが絶対です。喪主で母が呼ばれて、「ご長男、〇〇さま」と弟の名前が呼ばれて、焼香。そのあと「その他ご遺族さま」と続くんですけど、家族はあと私一人だけなんだから名前呼べばいいじゃん、と思ったんですよね。五人兄弟とかだったら仕方ないけど、長女の私は「その他ご遺族」なのかよ、というのにけっこう腹が立って。自分のメンツが潰されたとかじゃないですけど、長男の立てようが気持ち悪かった。やっぱり跡継ぎ文化なんだなぁと。戒名もしょぼいし坊さんはお経ヘッタクソだし、もちろん徹底的に男尊女卑なので、私は灰になっても九州の土地には行きたくないですね（笑）。

九州にハグの文化はない！

岸　でも雨宮さん、お父さんとの間にはいろいろあったんですよね。

雨宮　そう。父のことは死んでも許さない、と高校生のときからずっと思っていて。そのあと、父に助けてもらったことも何度もあったし、父が私に対してすごく「愛情ありますよ」というアピールをしてくることもありました。けれど私はどうしても「許せない」という気持ちが消えなかったです。

岸　それは、はっきりとそうなんですね。

雨宮　はい。絶対に許せなかった。でもいい歳だし、いつ死ぬかわからない、って二〇一五年に思い始めて「いつ死ぬかわからないんだから、次に会ったときに、私は父とハグをしようと思う」ということを友人に話していたりしました。九州出身の友人には「父親とハグなんかできるかよ！」と言われましたけど（笑）。

岸　あ、そこの感覚は共有できないんだ。

雨宮　「ハグ」という言葉の重みが違うんですよ。九州にそんな文化ないですから！（笑）

そしたらその後、父にガンが見つかって、病室で実際に会って、まあ、ハグをしました。お互いちょっと泣いて、「何もしてやれなくてごめん」「わかっとる」。それだけですよ。そしたらそれを父が看護師さんに話したらしく、申し送りをされていて（笑）。

岸　ナースセンターに？

雨宮　みんな知ってるんですよ。お見舞いに行くたびに「あっ、東京の娘さんですか！」と聞かれるから、なんで知ってるのかと思っていたら、亡くなったあとにお医者さんに「長年、折り合いの悪かった娘さんと最期にハグされたことがすごく嬉しかったとおっしゃっていて」と言われて。弟が思わず「そんなことまで知ってるんですか？」と聞いたら、「カルテに書かれてます」と。

岸　そんなことまで書かれてるんだ（笑）。

「結婚しなくていいから子どもだけ産め」

岸　お母さんは、どうでした？　娘と旦那さんが仲直りしたのは嬉しかったんでしょうか。

雨宮　母はどう思ってたのかわからないんですけど……。

私は、親から「結婚しなさい」ということをほとんど言われたことがないんです。そういう家なんだろうと思っていたら、実は父が止めていたと知って。母は、私に結婚してほしいと思っていたみたいですね。これまでも親戚が集まる正月や葬式のたびに親戚中から「親は孫の顔が見たいんだよ」と私は言われ続けていたけど、父は「まわりはそういうことを言うけど、俺は正直どっちでもいいと思ってるからね」と言っていた。「ああ、父が止めてくれてたんだなぁ」と、亡くなってから知りました。

だから父というストッパーがなくなったいま、葬式での親戚ハラスメントがいよいよ本当にすごくて……。

岸　親戚ハラスメント……そんなことがあるんですね。

雨宮　「結婚しなくていいから子どもだけ産め」「お母さんの生きがいになるように産みなさい」とか言われましたよ。あとは「お前が東京に行ったからお父さんが死んだんだから、帰ってこい」とか。

岸　え、そんなこと言われたんですか。

雨宮　フツーに言われますね。全員早く死ねって思いながらの葬式ですよ、こっちは（笑）。全員死んで、この土地と縁が切れたらどんなにすっきりするだろうって。九州の実家を心の拠《よ》り所のように思ってた部分が、それまでは少しはあったけれど、それ以降「この実家には帰ってこれない」と思いました。無理だなぁと。

岸　実家というか、その地域に、ですよね。

雨宮　実家も、いまの実家って住んだことのない実家ですからね。なじみは全然ないんです。実家での面倒くさい付き合いとか、とてもじゃないけどできないです。もう、自分の骨の一片も関門海峡を渡らせるものかと思った。本当に嫌だった！

娘が楽しそうにやっているのが気に入らない

岸　それは、東京に来る前から感じていたんですか？　東京に出てきてから、実家に帰ると改めて感じるものなんでしょうか。

雨宮　東京に出てくる前は、「フェミニズム」というものが何かをわかっていなかったです。最近、「カーネーション」という少し前の連続テレビ小説を一気に見ていて、いろんなことが一気にフラッシュバックしてきまして。

岸　九州が舞台の話なんですか？

雨宮　ドラマの舞台は九州ではなくて、大阪の岸和田なんです。

「自分が表に立ってなにかしたい！」と思っている、呉服屋の娘である主人公の女の子が、「お前は女だから商売もだんじりもできないぞ」と父親に言われてしまう。しかもその父親は、プライドは高いんだけど商才がないので、周りから「娘のほうが出来がいい」と比べられる。それが気に入らないんですよね。だからなかなか娘のことを認められなくて、意地をはって。周りの人たちは「息子だったらよかったのにな」「男だったらよかったのにな」と比べてくる。そんな、女の人が働くということも難しい時代に活路を開いていく、という話なんです。「こんなこと私にもあったな」ということが、ドラマの中にありました。

岸　大学で東京に出て、そのままライターになったときは、表立った反対はありましたか?

雨宮　当然反対はありましたね。「地元から出るな」とか。

岸　やっぱり、反対されたことはされたんですね。

雨宮　表立って「許す」と言われたことは一度もないです。学費を出してくれたので、結局許してはくれてるんですが。娘が自分の目の届かないところで楽しそうに何かをやっているのがとにかく気に入らないんですよ。たとえば学校の部活に対しても「そんなことしてる暇があったら勉強しろ」、ちょっとでも成績が下がったら「部活やめろ」。音楽が大好きで聴いてたら「うるさい、こんな下手くそなもん、なにがいいんだ」とか、テレビも一つしかないから見てると内容に対してごちゃごちゃ言ってくる。楽しいものをすごく踏みつけられることがあって。「カーネーション」の中で、洋服を作るために広げた布の上をお父さんが踏みつけて歩くシーンがあるんですけど、それを見たときに「こういうことあったなー」と思いました。「一生許さない」と思ったことがままあった。たかがコンサートに行くのに、ぶん殴って「絶対に行かせない」と言ってきた父親のことは絶対許さないと思った記憶が強く残っているんです。それでも大学に行かせてくれたんだからという気持ちと、なんでこいつに私のささやかな自由を奪われなきゃいけないいんだという気持ちがあって。娘を支配したいという気持ちを強く感じたんです。

岸　九州に限らずなんやけど、いまだに「仕事したい」と女の人が言うと、旦那が「仕事するのはもちろんいいけど、晩ご飯は作ってね」って言うのあるよね。

雨宮　それはまだマイルドなほうですよ。「それは許すけど、家事の手を抜くようだったら許さないからね」というのもありますよね。

岸　女性が「自分」になるときに、何かを差し出して、引き換えにしないと「自分」になれないということがすごくあるんですね。そのままでは「自分」にはなれなくて、何かを我慢したりしないといけない。

村上春樹でも通らない「ローン」

岸 雨宮さん、マンションとか何か物件は買わないんですか？　僕は数年前に家を建てたんですけど、もう一軒建てたいとめっちゃ思うんです。

雨宮 ええっ!!

岸 あっ、無理ですよ。無理ですけど、あんなに楽しいことはなかったですね。

僕、二〇〇六年に三十八歳でやっと就職できたんですよ。それまでは非常勤講師をやっていたんですけど、年収はかき集めても一〇〇万円台やった。それで、就職したときに、建築とか家が好きなので、「よし買うぞ」と。

雨宮 「ローン組めるぞ！」と。

岸 そのときに驚いたことがあって。ローンを組むために出す源泉徴収票は前年度分のものだから、年収一五〇万円とかなんですけど、大学教員になったことでボン！　とローンが通ったんですよ。もう、大学の教員の信用力というのに自分でムカついていて。「この格差社会め！」

と（笑）。

雨宮　村上春樹さんでもローン通らなかったって、昔書かれていましたよ。『ノルウェイの森』とかの大ベストセラーを出した後でも、ですよ。本人だと確認もとれていて、貯金もすごい額なのに、フリーランスだからローンが通らなかったらしいです。

岸　年収が億単位（多分）の村上春樹さんより、年収五〇〇万円の公務員のほうが楽に通りますよ。その辺を一つずつ発見していくのがすごく楽しかったですね。「世の中こうなってんだ」と。就職した年だけ、僕、論文を一本も書いてないんですよ。一年間ずっと家のプランを考えてたから……。

雨宮　ダメじゃないですか！（笑）

岸　ものすごくハマりやすいんです。そのかわり翌年から死ぬほど書いてます！　もう、いまは死ぬほど仕事してるので！　これだけは言わせてください（笑）。

家を建てるのは「この世界での生き方」宣言

岸　でも本当に楽しかったですね、家を建てるのは。賃貸って、「なんでここの角、丸いねん！」みたいなことがあるでしょう。なんでここにクリーム色の壁紙張ってんの？　と。

雨宮　すごく思います！

岸　僕は家に、昭和な感じの、曇りガラスの丸い玄関灯が欲しかったんですよ。大阪の谷六（谷町六丁目）に専門の店があるので、そこまで行って一番シンプルなやつを選んでつけた。すると友人がびっくりしてて。「そういうのって、最初からついてるもんやと思ってた」と言うんです。

家を建てるときに、最初から付いているものなんて何一つないから、全部選ぶんですよね。デザイン以外にも、値段との折り合いをつけていく作業もあります。家を建てるのって、「これは無理やからあきらめる」ということを超合理的にこなしていくパズルなんです。

雨宮　でもハウスメーカーとかだったら、「この中から選んでください」というものが提示されて「この中から選ばないのなら追加料金ですよ」ということになりますよね、多分。

岸　そう。だから僕がローコストで自分の建てたい家を建てるというのを実現したのを見て、周りが驚いたんです。「こんなことができるのか」「こんなに自分勝手にできるんだ」とね。

雨宮　ひと工夫やふた工夫で、こんなふうにできるんだと思いますよね。

岸　そのかわり一年間だけ論文書けなかったんですけどね（笑）。やってるとき、自分ですごく痛快やったんです。大げさに言いますけど、「世の中の決められたシステムのなかで、これだけは自分勝手にやってやるんだ」と。それが気持ちよかったんですね。「自分らしく」みたいに言うとありきたりになりますけど、すごく痛快でしたね。なのでもう一軒建てたいんです、あんなに楽しいことはないですよ。コピーの裏紙三〇〇枚くらいに毎日ああでもないこうでもないと描いてました。

雨宮　すごいなぁ〜。

岸　いま思うと、家を建てるのは「自分がこの世界でどうやって生きていくか」という宣言だったなと思います。既成のものを買うんじゃなくて、多少損をしても雑でもいい。いい経験になりましたね。

雨宮　吉本隆明が、終戦のときに似たことを考えたと言っていましたね。

戦争が終わったとき、自分が正しいと思っていたことが全部なくなって、というか自分は戦争をやめたいなんて思っていなかったのに勝手にやめられてしまって、気持ちのやり場もなかったし、なんだったんだろうとなってしまった。それで、世の中がどんなふうにできていて、なぜこんなふうになってしまうのかということを知らないと自分は生きていけないと思ったから、そこからすごく思想の本とかを読んで勉強したんだと。文学はもともと読んでいたけれど、それではもはや立ち向かえない世界があって、思想を理解できなかったら自分は生きていけない、思想を知るための勉強だった、ということを晩年の講演でおっしゃっていたんです。自分が世界とどう対峙していくかというのは、自分が世界を知らないと選べない、というお話でした。

福山雅治の結婚について

雨宮 岸先生、ご結婚されて長いですか？

岸 十七～八年経ちますね。……って、僕の結婚の話ですか？ 自分の話って、あまり外でしたことないから緊張するなぁ。結婚するのが早かったので、周りからは「ヤンキー」って言われていたんですよ。学者関係の人は、晩婚あるいは非婚が多いんです。僕が結婚したのは、自分が三十歳で向こうが二十四歳のときでした。

雨宮　え？　それって全然、ヤンキーじゃないですよ！

岸　この世界では、十六〜七歳に当たるくらいのことですよ（笑）。

そういえば先日、俳優の福山雅治さんが結婚しましたよね。Twitterでも、僕の教え子くらいの世代だとまったく話題になっていないんですけど、ある種の世代を直撃してるみたいで（笑）。雨宮さんはけっこう反応されていましたよね。

雨宮　自分のすごく好きな俳優さんが結婚したということと、福山雅治が結婚したということはまた違うんですよ。

岸　別格なんですか？

雨宮　うーん。個人的にファンで、出会う機会もないのになんとなく憧れてた人が結婚するっていうことにショックを受けるっていうのとは少し違うんですよね。社会的な意味がすごく強いというか。「独身でも、福山さんは楽しそうに暮らしている」というようなことが、みんなの希望だったところがあったんです。

岸　やっぱり福山雅治はラスボスみたいな感じなんや。別格なんやね。

雨宮　女の人だけじゃなくて独身男性のスターでもあったから、女だけがどうこうという感じでもないと思いますよ。

岸　個人的に好きだったからショックなんじゃなくて、シンボリックな存在だったから、神が死んだみたいな感じということですか。

雨宮　そうですね。「独身でも楽しく生きていくライフスタイルのご提案」が、終わってしまった感じでした。

岸　偉大な存在すぎる（笑）。

「しない」と決めるのはすべての人に対して失礼なのかな

雨宮　私、前述した父の葬式で実家に帰って、家族というのは本当に大変なものなんだなぁと改めて思ったんです。それまでは結婚に対する漠然とした憧れみたいなものがあったし、実際に親に交際相手と会ってもらったりもしたけれど、葬式のときに決定的に「ああ、好きな人をこの人たちに会わせるわけにはいかない」と思ったんですよ。大事にする人ができたとして、その人を九州に連れ込んで、この人たちの値踏みする視線に晒《さら》して、どうのこうのと言われるのは絶対に嫌だと思った。相手を守りたいんです、こういう嫌なものから。だから私はそういう形の結婚は絶対にしないと思うし、するなら勝手に籍を入れます。結婚することについて何かいろいろ言われたり、九州基準でものを言われることは耐えられない。葬式でこれだけ腹が立ってるのに、結婚でこんなことになったら暴れますよ。『キル・ビル』みたいな結婚式になる（笑）。

岸　雨宮さんの本も読ませてもらって、こうしておしゃべりさせてもらって思うのは、雨宮さんは結婚に対する距離感にかなり独特のものがあるでしょう。独身で楽しく暮らしているんだけど、他方で結婚は憧れのものとしてありますよね。

雨宮　そうですね。

岸　途中で反転する人もいるじゃないですか。「私は結婚なんてしないんだ！」というような。

雨宮　「結婚しない」というふうに決めないようにしていますね。

岸　そこが逆に新鮮なんですよ。

雨宮　「しなくていいや」と思えたほうが楽だとは思うけど、「しない」と決めるのはなんか私の中ではちょっと違うというか……。「しなくても生きていけるようにしたほうがいいよね」という気持ちはあるけど、「しない」と決めるのはすべての人に対して失礼なのかなと思う気持ちもありますね。

岸　そうですよね、僕もそう思います。でも普通、そういう感覚を維持するほうが難しいと思うんです。

雨宮　自分がどんなに婚活市場で価値のない存在だとしても、自分に対してもしかしたら「結婚したい」と思ってくれている人がいるかもしれないのに、「私はしない」というのは門戸を閉ざしているということなので。

岸　要するに、楽ってことなんですよね。

雨宮　諦めたほうがね。「希望を持たないほうが楽」という発想ですよね。でも、それは絶対にダメだと思う。希望を持たないほうが楽だというのは、何かを放棄してると思うんです。希望を持たないほうが楽っていうのは、私は……こういう言い方は変ですが、「美しくない」と思うんです。生き方として。傷ついても希望を引き受ける人のほうが美しい。やっぱり、欲望が好きなんですね。

ベタベタな結婚への憧れ

岸　ただ、自分が結婚してるという部分で、言いにくいものもあるんですよね。

雨宮　岸先生もそうだと小耳に挟みましたけれど、「僕も、必ずしも結婚しようと決めていたわけじゃないから」「たまたまそういう人が現れたから結婚したんです」とか、そういう感じに言っても素直に聞いてもらえないところがありますよね（笑）。

岸　これが社会学の難しいところで。本人がどの立場で話すかが、すごく問われるんです。

雨宮　でもそれは、女性エッセイスト業界も同じですよ。本人のポジション、既婚か未婚か、お金持ってるか持ってないか、そういう自分自身の状況で来る仕事が全然変わってきます。それってむちゃくちゃ個人的なことなのに、それを「書け、書け」って……。精神的に、ストリッパーみたいな役割を求められる職業だなと感じてますね。どこまで脱げるか、脱ぎっぷりをみんな見ている。でも、ただ脱げばいいってもんでもない。

とくにいまは弱い者たちが夕暮れ、強い者を叩く時代ですからね。「自分たちより恵まれてるやつはどこだー」って、なまはげみたいに（笑）。そういう中で自分に近しい立場の人の共感を得られるエッセイを書け、という要求をされる世界です。すごい腹立つのは「雨宮さんは今後、どういう立ち位置に行こうと思ってるんですか？」っていう質問。立ち位置じゃねえよ、私の人生だよ、って。立ち位置なんかのために、結婚や出産なんかしねえよ馬鹿野郎、って心の中で思ってます。

岸　うん、だから「したほうがいい」とも「しないほうがいい」とも言えないので、どっちも言わないですけど、少なくとも雨宮さんに関してはその憧れみたいなものをずっと維持して、捨てずにいるということにすごく尊敬するんです。

雨宮　憧れはすごくありますね、跪《ひざまず》いてプロポーズされるっていう憧れが（笑）。

岸　ぶっちゃけたところで言うと「すごい変わった人やなぁ」と思いました。ものすごく素朴な憧れみたいなものを持っていて、でも外から見ていると、東京で成功して作家として生きているという姿があるわけですよね。東京でこれだけ作家として成功していると、そういう憧れ的なことをバカにしがちだと思うんですよ。最近はポリアモリー（合意のうえで、複数の人と同時に恋愛関係を築く）みたいなことも出てきたけど、雨宮さんはものすごくベタベタな結婚をしたいと言うでしょう。

雨宮　ポリアモリーみたいなものはひと通り、がんばってやってみようと思ったことはあったんです。そういうことが受け入れられたら楽だなぁ、と思って。

岸　でも、無理でしょ。

雨宮　そうなんです、無理なんです。私は無理だったからそこに対する諦めはあります。本当にいろんな生き方があるし、たとえば誰かの愛人として子どもを産んで育てるという生き方もあると思うんです。でも私は、一人で子ども産んで育てるのは無理だとは思わないけど、誰かと男の人を共有するとかはできないですね。自分が男の人二人か三人と付き合うのはできなくはないかな（笑）。でもその数人との人間関係を維持するのって大変ですよね。

岸　面倒くさいですよ。体力いりますよね。所有する側でもされる側でも、どちらでも大変ですよね。

雨宮　やってる人を見ると、よくやるなぁと思います。まめな人でないと、ケアが行き届かなくなって関係が破綻しますよね。私は自分の愛情が重いので、正直、二人ぐらいに分散したほうが相手が楽なんじゃないかと思うことはありますけど（笑）。二人ぐらいなら、どちらも本気で愛せると思う。

浮気しても、バレなければＯＫ？

岸　ちょっと関係するのかしないのかわからないですが……こういう話をすると、たとえば「浮気するんやったらバレへんようにしてほしい」みたいな言い方について、よく考えるんです。僕の教え子が、「私の彼氏が浮気しても全然いい。そのかわり、私にはわからへんようにしてほしい」という言い方をしていたんですよ。それで「お前な、自分にわからへん浮気っていうのは、自分にとって存在しないわけやから、そこは単純に『浮気はダメだよ』って言えばいいんちゃう」と言ったんです。でも、なぜか、どこか弱腰な表現になる。これは逆にいうと、そこまで人を信用できないんですよね。

雨宮　すごく信用している関係の中で、「本気じゃなくて、浮気だったらいいよ」と言う人もいるじゃないですか。

岸　いやぁ、僕はそれはありえないと思いますね。

雨宮　本当に？　うわぁ岸先生、めっちゃ乙女チックですね。マジで？

岸　乙女言うな（笑）。いや、それは男もけっこうやっていると思いますよ、浮気。でもそれは、言ってしまってはダメでしょう。

雨宮　それは、もちろんそうですけどね。

岸　でしょ？　だから、つまりそれは「無い」んですよ。浮気したとしても、絶対誰にも言わないようにしないといけないんです。だから「無い」んです。

雨宮　なるほど、浮気相手なんていなかったことになるんですね。

岸　いや、違うんです。「無い」んです、それは。誰にも知られていないので。少なくともパートナーとの関係性においては存在しないんです。

雨宮　……めっちゃ哲学的に浮気をごまかされてる気持ちになってきました！（笑）

岸　ぎゃー、違いますよ（笑）。「言わんかったらやってもいいや」ということではないんですよ。それは「やったらダメ」なんですよ。

雨宮　言えない秘密をつくってはならない、と。

岸　はい、ダメなんです。それは存在しないんです。なのに、なんでそこで「遊びならしてもいい」とか「自分にわからないならされてもいい」というような言い方をするのかがわからないんです。

雨宮　これは若いときにはなかった発想なんですけど、自分がそこそこの歳になってきて、相手の人が正直いつまでセックスできるかわからないという歳で、たとえばですよ、スカーレット・ヨハンソンみたいな女性に誘われる機会があったとしたら、冥土の土産にやってきてくれてもいいんじゃないかと思うんですよ。しょうもない女と浮気されたら「誰が舐めてやるか！」って気持ちになるけど、スカヨハだったら全然いいですね！

岸　はははは！　いや、それはでも存在しないんですよ。

雨宮　私は悪いけど、ダニエル・クレイグとかに抱かれる機会があったら「ごめん、行ってくる！」ってなりますよ！（笑）

岸　でもね、僕はそこは絶対に譲らないですよ！

雨宮　おお！　いい試合になってきましたね、私たち（笑）。

岸　なんか妙な議論になってきた……。でもね、えーと、ちょっと話を戻すと、たくさんの人と同時に付き合いたい人はそうすればいいし、誰とも付き合いたくない人はそれでいいし、でも、一人の人と付き合いたい人もいるよね、っていう、なんだかよくわからない話ですが……。これうまく言えたためしがない。

なんというか、過ちを犯す可能性というのは常にあるんだけど、それをパブリックな場で認めてしまうことに対して、僕はすごく潔癖《けっぺき》なものがあるんです。

雨宮　たしかに、そういうことを言いふらす人はいますよね。私もそれは嫌です。結婚後の浮気を笑い話にするというのはすごく嫌いですね。奥さんのことを知っている人がいる場所に、平気で愛人を連れてくるような男っていっぱいいますけど、本当に汚く見える。もともとの顔の造作《ぞうさ》じゃないですよ。その神経が汚い。奥さんの顔に泥塗ってるわけじゃないですか。っていうか愛人と一緒にいたいなら、さっさと二人でホテル行けよって話でしょう？　結局、愛人をそういう場に連れていって「自分は文化的にこういう人脈がある」って見せつけたいし、周囲には「自分にはこんなに若い愛人がいる」って見せつけたいだけなんですよね。ギャラリーにされるこっちは、汚いもん見せられたっていう嫌悪感しかない。前戯に巻き込まれただけっていうか……。気持ち悪いですね。

岸　そうそうそう。ほんとうに、おっさん同士で飲んでていちばん嫌な話題です。嫌悪感しかない。これは、言えば言うほど僕が疑われそうですが、「やるなら本気でやれよ！」というか。浮気に失礼というか、欲望に失礼ですよね。

そういえば、学生のときに聞いた話ですが、おっさんと不倫してた友だちの女子が、あるとき、そのおっさんの草野球の試合の応援に連れ出されたそうです。弁当とか作らされて。それで、試合当日にその球場に行ってみたら、自分みたいな若い女子がみんな弁当持って試合の応援に来てる。そしたら、それは実は、おっさんの友だちがみんなで、自分の愛人を連れてきて、お互いに見せびらかしあう会だったんだそうです（笑）。えげつないですよね、おっさんてほんとに。

結局、男が嫌いなんでしょ？

雨宮　一昨年くらいに、新日本プロレスを初めて観たんです。みんなかっこいいし華があってすごいと思ったんだけど、「自分のものだ」というはまり方はしなくて。そのあと、女子プロレスを観に行ったときに里村明衣子《めいこ》さんという人が出てきて、そこで「ああ、これは自分のものだ！」と思ったんです。自分のものというか自分の好きになるもの、自分のためのものだというのがパーン！　ときて。

岸　あるよね、そういうのあります。ていうかほんとに好きみたいですね（笑）。なんか女子プロレスについての雨宮さんの文章読んでると、熱が伝わってきますよ。

雨宮　それで女子プロレスや里村さんが好きだと言っていると、「結局、雨宮さんって男が嫌いなんでしょ」という話になってくるんです。好きなものが宝塚と女子プロレスですから、「ミサンドリー（男性嫌悪）が強いんじゃないの？」と言われて。でもそれって、自分ではわからないんですよね。自分ではそんなに男性のことを嫌いなわけではないと思うんですけど。

岸　女性が女性のことをかっこいいとか憧れとか言うと、たしかにすぐに「あれは男が嫌いなんだ」っていうことにされちゃいがちですよね……。なんか、「男の代理」というか。保守的な価値観からすれば二重に不愉快なのかなと想像します。まず、里村さんみたいな女性が、主体的な「かっこいい」存在になっているということ。そして、その主体的でかっこいい女性に対して、女性が憧れを抱くということ。このふたつです。もしかしたら、「女性を女性に取られる」って思ってしまうのかもしれませんね。本来はかっこよくて主体的なのは男性の役目で、そして本来は女性というものはそういう男性を憧れるべきなのに、ここではかっこいい役も女性に横取りされて、そしてほんとは自分に向けられるべき女性の憧れもそういうかっこいい女性に横取りされてしまっている。「結局男が嫌いなんでしょ」っていう言葉を男性が言うときは、そういうことなのかな。でもこの言葉を女性が言う場合には、もっと複雑なねじれ方になってるかもしれないけど。

雨宮　男が男に憧れる「男惚れ」は普通でしょう？　男のプロレスを男が観るのは普通だし。私は「女惚れ」もあると思うし、そういう気持ちでいるんですけど。女性の、性的な眼差し以外の「好き」に対して、世間の了見ってめちゃくちゃ狭いな、と感じますね。

自分のことが嫌いだから、自分のことを好きになる人も嫌い

岸　また話が変わりますけど……。「男が嫌い」といえば、よくある話なんだけど、「しょうもない男に引っかかってダメになる女の子って実は男が嫌いだ」ということがあります。「私のことを好きになる男なんて嫌いだ」という女子がいますよね。本音かどうかは別として。

雨宮　あれは、どうしたらいいのかわからないですよね。昔からよく聞く話ですし、そういう人ってずっといると思うんですけど。

岸　でも、雨宮さんはそうじゃないでしょ。

雨宮　その気持ちはわからないでもないんです。ある時点まで自分もそうだったと思う。だか

ら余計にそこに陥りたくないという気持ちがありましたね。「自分なんかを好きになるような男は好きじゃない」って、自己嫌悪の延長として、すごく身近なものです。

岸　さらに、そういう女の子はしょうもない男にすぐやらせちゃって、やったときにすごく「この男もこんなにすぐ手を出す、しょうもない男やったんやわ！」って。

雨宮　それは相手を試してますよね。軽蔑するためにやったと言っても過言ではない。「結局やりたいだけなんでしょ、男なんて」と。それはすごい話法だなぁ。

岸　じゃあどうしたらええんやと。「じゃあそのときに断ってたらよかったんか？」と思いますね。

雨宮　でも、断ったら断ったで怒るでしょう。「私の性的魅力が足りないんだ」って。

岸　そうなんですよね。怒るというか、落ち込むんですよ。モテなかった、性的に要求されなかったということで。

雨宮　わかるけど……わかりたくない話だなぁ（笑）。自分の意志はどこにあるんだと思いますよね。それは、単純に自己評価が低いということなんでしょうか？

岸　簡単に言うと、そういうことなんやと思うんですけどね。「自分のことが嫌いだから、自分のことを好きになる男も嫌いだ」というようなことやと思うんです。ただ、ある程度の年齢になると憑《つ》き物が取れたりしますから。

雨宮 それ、あると思うんですけど、実際はどういうプロセスで憑き物が取れるんでしょうね？ 自覚的に乗り越えようとして乗り越えられるものなんでしょうか。

岸 そうですねえ。まあでも、そういう弱い部分はなかなか自分では克服できないですよね。

雨宮 私は、自分から好きになった人に振り向いてもらえない限りは克服できないと思ってました。でも、あんがい人から好かれて大事にされてると、悪い気はしなくて。自分には普通に大切にされる価値があるんだ、と少しずつ思い始めた気がします。

岸 そうそう、「自分にも魅力はあるんやな」と。

雨宮 こういうパターンで、劣等感はあるものの本人の顔が良かったりすると、ドツボにはまったりするんですよね。「顔に惚れてるだけなんでしょ」と（笑）。

体目当ての何がダメ？

岸 それの逆で「体目当てだったんでしょ」っていうのもありますよね。それは逆に、目当てでいいじゃんと思うんですよ。なんで体目当てであかんの？　大事なことやん。

雨宮　「恋愛と結婚は別」の話もそうですけど、「体と心は別」だとか、「体の浮気はいいけど、心の浮気は嫌だ」とかもある。これって、なんなんでしょうか。

岸　もうちょっとシンプルにできないのかと思いますよね。

雨宮　そうも思いますし、かと言って一人の人間とすべてのことを共有するのも難しいとは思うんです。

岸　浮気はダメですよ。

雨宮　ほんと、逆に疑わしいくらいに言いますね（笑）。

岸　やかましい（笑）。この間知人が、彼氏に「どこが好き？」と聞いたときに「顔が好き」と言われてすごく安心したと言っていて。だって「お前の優しいところが好きだ」と言われると、優しくしないといけないでしょう。

雨宮　「優しいところが好き」と言われても、あんま嬉しくないかなぁ。

岸　「顔が好き」「お前の体が好き」と言われたときに初めて、何もしなくても愛されることを実感できた、という話を聞いて、それはすごく正しいなと思ったんです。身体的な解放感と自己肯定感って、僕はすごくフィジカルなものだと思うので。

実際に僕自身が、それを体験したんですよね。僕の本『断片的なものの社会学』の中に「小さい頃、『スター・ウォーズ』なんかの映画では主人公が親との関係や悪の帝国を倒すという、かっこいい悩みで悩んでいるのに、自分はすごくしょうもないことで悩んでいた」というようなことを書いたんですけど、そこで書いてない当時の悩みが実はあって……あのときの自分の最大の悩みは、すね毛が濃いことやったんですよ。

雨宮 わー！ その頃の悩みって、そういう感じですよね（笑）。

岸 それを、高校生くらいまでずっと引きずっていたんです。プールや海にも行ったことがなくて、自分の体を人前に晒したことがなくて、毛深いことが恥ずかしくて。大学を卒業して沖縄に行ったときに初めて、何も思わずにビーチを水着で普通に歩けたんです。

自分の劣等感もまったく忘れて、シュノーケルで沖縄の海に入って、生まれて初めて純粋に「海に入って楽しい」「夏の浜辺で裸になって楽しい」ということを思って。だから、沖縄にすごく思い入れがある。それで回復していったということがあるので、「自己肯定感って意外とフィジカルやねんで」という思いがありますね。

雨宮 顔とか体を肯定できないって、周囲との比較から生まれることが多いので、いったんその「周囲」から離れるのは大事な気がしますね。

岸　「お前実はすっげぇいい体してんじゃん」とか言われて嬉しい、ってありますよね。

雨宮　私はフランスに「パリジェンヌっておしゃれなんでしょ」とものすごく身構えて行ったら、パリジェンヌってすごくざっくりしていて、その中にちんまりした自分がちょこんと居ると、「あっ、なんかキメの細かい人がいる……私だ！」と感じて少し嬉しかったりしましたね。「いま私、エキゾチック・ジャパン！」みたいな（笑）。そこの中では、自分は個性的で人目を惹く存在である、っていうのを実感できたんです。

岸　なんというか、肯定感ってすごく単純なんですよ。

濃いすね毛も込みで、彼のことが大好き

雨宮　それで思い出したんですけど、高校生のときにすね毛が濃いことで有名な男子がいて、こっそり「甲子園」っていうあだ名が付いていたんです。甲子園の蔦《つた》のようにすね毛が生えてるからだったんですけど（笑）。でもそれは女子の間では決して悪い意味ではなくて。なんでそんな話をしていたかというと、甲子園の彼のことを好きな女子がいたの。「すね毛は濃いんだ

けど、あの蔦みたいなすね毛も込みで彼のことが大好き」って言っていたんですよ。

岸　それは素晴らしいですよ!!（笑）

雨宮　だからそれを聞いた周りのみんなも、なんだか微笑ましい気持ちになったんです。というか別にすね毛が濃いくらい、なんてことないじゃないですか。彼の名前を言ってしまうと好きだってことがばれちゃうから、「甲子園は◯◯らしいよ」とか、隠語として使っていましたね。

岸　へえ。ものすごくいい話だけど、でも「甲子園」の部分は、もし自分が言われてたら、めっちゃ傷つくかもしれんなあ……（笑）。

雨宮　そうですよね。自分が言われていることに気づいてたら、イヤだったと思うなあ（笑）。

いま改めて話していると、いろんな人を好きな人がいて、それっていっぱいの人にモテるとかモテないということとは違う話だなぁと思います。つまんない話ですけど、結局合う人と会えばうまくいく、っていうことですよね。

目標を掲げて、邁進しないといけないのか

雨宮　実際のデータがどうかはわからないですが、ネット上で結婚していない三十、四十代に対して発せられるメッセージって「いつまでも夢見てんじゃねえよ」「さっさと婚活しろ」というう感じのことなんですよね。結婚していない時点で「高望みをしている」「運命的な出会いを待っている」と思われて、「努力しろ」「積極的に諦めろ」「自分の望みを明確にして条件をはっきり出せ」と。そんなこと誰ができるんだよ！　と思います。

岸　それを言ってしまうともう、就活と一緒ですね。

雨宮　ああいうのを見るたびに「人との関係をなんだと思ってるんだろう」と腹が立つんです。子作り共同体としてやっていくだけだったらそれでいいのかもしれないけど、そんなこと望んでる人はほとんどいないと思うんですよ。普通に気の合う人とやっていきたいだけのことなのに、何もかも諦めて具体的な目標を掲げて、邁進《まいしん》して見つけないといけないことなのかと、違和感がどうしても消えないんですよね。

岸　けれど、具体的に条件闘争に邁進してる人もそこそこいるんですよね。雨宮さんは、計算しようと思ったことはないですか？　非常に純粋な方だと思うので、ないとは思うんですけど。

雨宮　客観的に考えて「すごく条件いいなぁ」みたいな人はいたことがありましたけど、うーん、気が合わなかったですね。

岸　そこで別れられるのがすごく乙女というか原理主義的というか、純粋ですよね。

雨宮　純粋ではないですよ。損得勘定的なことはやっぱり考えたし。でも好きじゃないものには、快感がない。

岸　計算ずくの人は、最初から熱もないから醒《さ》めたりもしないいんですよ。

雨宮　どうなのかなぁ……。昔けっこう親しかった編集者の男性がいて、付き合ったり肉体関係はなかったんですけど、「俺、雨宮さんに結婚しようって言われたらできるけど、セックスはできないな」と言われたことがあって。でも、言いたいことはすごくわかると思いましたね。

岸　それどういうことやねん（笑）。

雨宮　お互いに親しみはあるし、仕事に対する理解もあるし、パートナーや相棒としては見れるけど、そういう対象としては見れないね、という意味でしたね。

岸　友だちみたいなものですよね。でもあれはなんなんですかね、友だちになるとできないというのは。友だちやからできない、という変なルールみたいなことがありますよね。家族的になるんでしょうか。家族になるからできないのかな。「男として見れない」「女として見れない」なんて言葉もありますけど、雨宮さんは、わりと男の人を男として見れなくなるほうですか？

雨宮　友だちや家族的な関係になると、セックスが近親相姦的なものに感じられて、気持ち悪くなるというのはありますね。そこまで親しくなることは稀なので、あまり起きないことですが、性的な気配を普段まったく消しているような人に突然迫られたときなんかは、同じような気持ちの悪さを感じることがあります。向こうからすれば、普通に口説いただけなので、こちらの嫌悪感はものすごく理不尽なものなんですけど。あれを思い出すと、自分から口説くとき、ものすごく勇気が要るようになりますね。

社会学が嫌われてたのは、そういうことやったんか

岸　九〇年代からゼロ年代の社会学を読み手として見てきて、性的なことの描き方がすごく気持ち悪いなと感じていいて。『断片的なものの社会学』を書いた後、何人かの方が「実は社会学が嫌いだった」「この本を読んですごくイメージが変わりました」と言ってくださったんです。

雨宮　私もまさにそう言いましたね、一回目の対談のときに。

岸　膨大な知識を背景にして、「あらゆるものを論破してやるぞ」みたいなねじ伏せ方をして

話題になって売れた、というものをずっと見てきて、それを読んで不愉快に思ったり、傷ついた人が実はたくさん生まれていたんだということに最近気がついたんですね。「社会学が嫌われてたのは、そういうことやったんか」ということがすごくよくわかった。

そのなかで性的なことも、わざと規範を逸脱するような性が、人間にとって本来的なんだみたいなことが言われたりもしていました。なんかこう、性的なものが、ものすごく過剰にロマンチックな、それこそ「革命的」な意味づけをされるんですね。

雨宮 アカデミズムクソ野郎みたいな人がいっぱいいましたよね。ただのヤリチンのくせに威張れる神経、どうかしてますよね。それで性とか語っちゃうんだけど、「俗は極めると聖になる」みたいな、しょうもないことしか言わないんですよ。女に対する幻想もすごかったりして。

岸 ぼろかす言われてますが(笑)。僕もそういう、性的なものや、沖縄に対するロマンチックな語りに反発があって。自分の中での「ロマンチックに語ること」に対する反発が、仕事をする上での核を担ってるんです。何気ないもの、世俗的なものや普通の統計データを基に、普通の物語を書きたくてやってるんですよね。

雨宮 私は、岸先生の「意味を持たせない」というところがすごくいいなと思っています。こじつけみたいにして意味を持たせてくる語りを、九〇年代後半くらいからずっと見てきたから。

「誰が一番納得させられる説を出せるか」という大喜利みたいなことが事実とは違うところで進行していて、私はそれが気持ち悪い。それに乗っかりたい気持ちはわかるんです。「自分のほうがうまく語れる」という競争になってしまって、事実からどんどん離れていく。事実は意外と凡庸だったり、一言ではまとめられないくらい複雑だったりするから、そういう伝わりづらい言葉よりも、強くてシンプルな言葉のほうがまかり通っちゃったりもするし。

岸　でもね、やっぱり僕も迷うところがあるんですけど。僕がいま求められていることって、なだめ役なんですよね。火消し役というか。「もっと穏やかで静かなものがあるんだよ」ということを書いてくれと言われるんです。最近はちょっとそれに対してイライラしたりしてしまうんですけど（笑）。書き続けますけどね。

関わるほど、書けることが少なくなっていく

岸　で、一方で雨宮さんを見ていると、何かロマンチックなものに陶酔することの価値を感じたりもするんです。自分も音楽やＳＦに陶酔してきた経験がある。過剰にロマンチックなもの

を世俗化していく、という作業自体は、飽きられてもずっと続けていくつもりやけど、それはそれで、ほんとにいいのかなとも思うんです。いまの僕が書くことは、陶酔して違う世界に行くことに対する違和感が中心になっているんですね。あらゆるものに対して。これは僕が言うことで世の中が変わるわけでもないので言い続けますし、飽きられてもずっと同じスタイルでいくけど、でも自分の中で「俺はどこにいくんだろう?」と思うんです。

雨宮　岸先生の中には、すごくロマンチストな乙女がいるじゃないですか。なので、そういうふうに書くことは自分との闘いなのかなと思うんです。客観性を獲得するってそういうことですよね。

岸　僕がいま沖縄に関して書いていることは、全部沖縄にハマっていた自分を否定する作業なんですよ。さっき言いましたけど、沖縄は僕にとっては、自分自身を回復するきっかけになった、とても大切な場所なんです。でもそれは同時に、マジョリティ側の勝手なロマンなんですよね。あのときの、沖縄に対するくだらない自分のセンチメンタリズムに落とし前をつけたくて。そのロマンはマジョリティ側の考えであって、沖縄に基地を押し付けている側が沖縄に癒しを求めるということに、何かすごく偽善的なものを感じるんです。

雨宮　それはすごくいい話ですね。自分がやってしまったことを認めて、片《かた》をつけるために地道に本当のことを探す作業。
岸先生は書こうと思わないでしょうが、沖縄のセンチメンタルな物語に対するニーズはすごくありますよね。みんな沖縄に夢を見たがってる。けれどそれをしないということは、浅い付き合いじゃない、深い付き合いをちゃんとやりたいという姿勢なんだと思います。

岸　関われば関わるほど、書けることが少なくなっていくんですよ。逆に減るんです。そうやってやっていくしか、しょうがないんですけどね。

雨宮　饒舌《じょうぜつ》に書く人のほうが信用できないですけどね。私は陶酔側なんで、饒舌派ですけど（笑）。だから、自分に近い感じで書いてる人の適当さとか、思い入れだけで書いてるなっていうのはすぐわかるし、同族嫌悪でだいたい嫌いです。岸先生は誠実ですよ。

岸　いやいや……。

おわりに

雨宮まみ

SNSやネット上のコミュニケーションが主流になってとくに感じることだが、実際に人と会ってする会話って、スキだらけだ。その場のノリやニュアンスでの失言も多い。

人間同士のコミュニケーションとして、私はテキストコミュニケーションは、今後洗練されてゆく手段だと感じている。「実際に会ってする会話」には、無駄も危険も多い。けど、そこにはまだ、そこにしかない豊かさがあるとも感じている。うっかり変なことを言っても許してもらえたり、なんの意味もないような言葉から、お互いの輪郭が見えてきたりする。

そういう、一見無駄に見えることの情報量の多さには、まだテキストコミュニケーションは追いついていない。と、テキストの形になった本で言うのもおかしな話だが、できるだけ会話のときの感じを残してみたつもりだ。

人に何かを話すことで、思いがけない反応が得られたり、考える手がかりをもらえたり、話しているうちに自分の考えが整理されたり、もっと感情的に、単純に励まされたり勇気づけられたりすることもある。話すだけで、世界は豊かになる。自分の世界も、他人の世界も。本著がそうした会話のきっかけになれば、とても嬉しい。

おわりに

岸政彦

第一回目の対談が終わったあと、霧雨が降る大阪の天王寺の夜空を見上げるとそこには、できたばかりの、日本一の高層ビル「あべのハルカス」の灯りがぼんやりと光っていた。

それを見ながら雨宮さんは、遠い目をしてこうつぶやいた。

「わたし、あべのハルカスって、アイドルのユニット名だと思ってました」

いまこの「あとがき」を書いている時点でもまだ、本書のタイトルが決まらない。

それぐらい、何も決めずに自由にお話をしたが、なんとなく話題は、他者を理解すること、信頼すること、そして愛することのまわりをぐるぐると巡った。作家と社会学者、異なる仕事をしていても、人の話を聞いて、自分のことをみつめ、そして言葉を紡いでいくという作業は共通している。私たちはときには譲り合うことなく対立しながらも（例・浮気の是非）、他者を信頼したい、他者とともに在りたいという思いについては、共有していたと思う。

本書におさめられた、とりとめのない、タイトルさえ決まらない話を、楽しんでいただければ幸いです。

雨宮まみ
あまみや・まみ

ライター。エッセイを中心に書評などカルチャー系の分野でも執筆。
著書に『女子をこじらせて』(幻冬舎文庫)、
『まじめに生きるって損ですか?』(ポット出版)など。

岸政彦
きし・まさひこ

1967年生まれ。社会学者。京都大学教授。
研究テーマは沖縄と生活史。著者に『断片的なものの社会学』(朝日出版社)、
『ビニール傘』(新潮社)、『東京の生活史』『大阪の生活史』(ともに筑摩書房)、
『沖縄の生活史』(みすず書房)など。

愛と欲望の雑談
2016年9月4日 初版第一刷発行
2024年6月24日 初版第五刷発行

著　者　雨宮まみ・岸政彦
発行者　三島邦弘
発行所　㈱ミシマ社 京都オフィス
郵便番号　602-0861
京都市上京区新烏丸頭町164-3
電　話　075(746)3438
F A X　075(746)3439
e-mail hatena@mishimasha.com

装　丁　寄藤文平・鈴木千佳子(文平銀座)
本文写真　中谷利明
印刷・製本　(株)シナノ
組　版　(有)エヴリ・シンク

U R L　http://www.mishimasha.com/
振　替　00160-1-372976　ISBN978-4-903908-80-9